FSC
www.fsc.org
MIX
Papier aus ver-
antwortungsvollen
Quellen
Paper from
responsible sources
FSC® C105338

Herold zu Moschdehner

Der Hotelonanist

Das Stöhnen der Anderen

Bibliografische Information der Deutschen Nationalbibliothek
Die Deutsche Nationalbibliothek verzeichnet diese Publikation in der Deutschen Nationalbibliografie; detaillierte bibliografische Daten sind im Internet über http://dnb.d-nb.de abrufbar.

ISBN: 978-3-8192-9921-6

Vorwort

Haben Sie schon einmal durch eine Wand gelauscht, nicht aus Neugier, sondern aus Not? Ich schon. Oft. Zu oft.

Dieses Buch handelt nicht von Liebe. Es handelt auch nicht von Sex. Es handelt von einem Mann, der beides nicht kennt – aber beides hört. Ein Mann, der nicht anklopft, nicht spricht, nicht berührt. Ein Mann, der in Hotelzimmern liegt, nackt und lauschend, weil sein Körper sonst nicht antwortet.

Ich habe lange überlegt, ob man so etwas aufschreiben darf. Ob man das Schamvolle, das Armselige, das einsame Zittern zwischen Bettkante und dünner Wand überhaupt teilen sollte. Aber ich habe festgestellt: Wenn man schweigt, bleibt man allein. Wenn man spricht, wird man vielleicht verstanden – oder zumindest kurz gehört.

Dieses Buch ist kein Bekenntnis. Es ist ein Zustand. Ein Zimmer, ein Geräusch, ein Körper – mehr war da nicht.

Wenn Sie das lesen und glauben, es sei widerlich: Ich verstehe Sie.

Wenn Sie das lesen und spüren, dass Sie sich selbst darin streifen: Dann verstehe ich Sie besser.

Herold zu Moschdehner

Kapitel 1 – Das Haus in der Biegung

In einer dieser Straßen, die sich sanft um die Kurve legen, als wollten sie dem Wind einen kleinen Gefallen tun, steht ein Haus, das weder besonders alt noch besonders jung ist. Es steht einfach da, wie ein Möbelstück, das niemand je ganz besessen hat. Hier wohnt der Herr, um den es in dieser kleinen Geschichte gehen soll. Ein Mann von gemessenem Auftreten, von solcher Art, dass man ihm zwar nicht aus dem Weg geht, aber sich auch nicht zu ihm setzt, wenn man wählen darf.

Er trägt stets ein Jackett mit einer Falte im Rücken, die offenbar von seinem eigenen Rückgrat nicht ganz aufgelöst werden kann. Er ist nicht dick, auch nicht dünn, sondern in jener mittleren Verfassung, in der sich Menschen befinden, die vom Leben weder mit zu viel noch zu wenig versehen wurden. Er heißt Vogt. Ein Name wie eine Reminiszenz, aber ohne Melodie. Die Straße, in der er wohnt, heißt Am Klingenberg, was vielversprechend klingt, aber kein einziges Klingen kennt. Dort huscht kaum jemand, und wenn, dann schnell, als wolle man dem Eindruck entgehen, hier habe die Zeit einen Schluckauf. Das Haus von Herrn Vogt liegt auf der Innenseite der Biegung, was ihm eine gewisse Unberührbarkeit verleiht. Kein direkter Blick fällt darauf, man muss es schon wollen, dieses Haus zu sehen. Und wer will schon so etwas? Vogt verlässt das Haus morgens um acht Uhr fünfzehn. Nicht früher, nicht später. Er trägt einen ledernen Aktenkoffer, der keine Geschichten enthält, sondern nur Papiere, auf denen solche festgehalten sind, die andere zu erzählen vergessen haben. Vogt ist Gerichtsvollzieher. Kein Beruf für einen Jüngling, aber auch keiner für einen Träumer. Es ist ein Beruf, bei dem man an Türen klopft und nicht auf Antworten hofft.

Sein Frühstück besteht aus zwei Scheiben Graubrot, einer halben Banane und einem stillen Glas Wasser, das nie zur Neige geht, sondern immer in einem seltsamen Gleichgewicht zwischen Konsum und Verzicht bleibt. Das Frühstück nimmt er am Fenster ein, dessen Scheibe er nie ganz klar wischt. Es bleibt ein Film, eine milchige Erinnerung an Regen oder Fingerabdrücke, die nie wirklich da waren.

Er hat keine Freunde. Das muss man nicht bedauern, denn Herr Vogt scheint sich damit abgefunden zu haben. Wenn jemand in seiner Gegenwart lacht, blickt er höflich weg. Als sei Lachen ein Kleidungsstück, das andere tragen dürfen, er aber nicht anprobieren möchte. Es gibt im Ort ein Café, das er meidet, obwohl es genau auf seinem Arbeitsweg liegt. Dort sitzt manchmal eine Frau mit roten Haaren, die ihm einmal zugenickt hat. Seitdem nimmt er eine andere Straße.

Seine Mutter, Gott hab sie selig, wie man so sagt, war eine Frau, die immer wusste, wie man einen Kragen bügelt. Sie sprach leise, aber eindringlich. Ihr Tod – nun ja – war plötzlich, aber nicht überraschend. Er war, wie sie war: diskret. Sie starb im Schlaf, was ihr letzter Dienst an ihm war. Danach sprach Herr Vogt drei Tage nicht. Weder mit sich noch mit irgendwem sonst. Man hätte auch nicht gewusst, worüber.

Das Haus ist seither still. Es gibt keinen Fernseher, kein Radio, keine Uhr, die schlägt. Alles, was dort klingt, kommt von draußen oder aus Erinnerungen, die manchmal wie Schritte im Flur hallen, obwohl niemand da ist. Es gibt einen Dachboden, den er nie betritt, und einen Keller, den er nur kennt, weil er dort einmal als Kind aus Versehen eingeschlossen wurde. Man könnte sagen, das Haus kennt ihn besser als er es. Abends sitzt er auf einem Stuhl, der gegenüber dem Fenster steht, das zur Straßenseite zeigt. Manchmal hält er ein Buch in der Hand, das er nicht liest. Er liest nie lange. Seine Augen bleiben auf einer Zeile, als hätten sie dort etwas entdeckt, das nur sie betrifft. Dann schließt er das Buch, legt es zur Seite, steht auf – und verlässt das Haus. Denn das ist das Eigentümliche an Herrn Vogt. Obwohl er ein ganzes Haus besitzt – ein Erbe, gewissermaßen – schläft er dort fast nie. Er trägt seinen Schlaf wie ein Gast in fremde Zimmer. Er kehrt zurück, wenn der Tag beginnt, aber die Nacht verbringt er anderswo. Im Hotel. Immer in einem anderen. Immer in einem, das nicht zu laut, nicht zu still, nicht zu teuer und nicht zu beliebt ist. Wie es dazu kam, das – ja, das ist eine Geschichte für sich.

Aber für den Moment soll es genügen, zu wissen, dass er, wenn er morgens in sein Haus zurückkehrt, stets die Hände in die Hosentaschen steckt, als müssten sie sich erst daran gewöhnen, wieder zu Hause zu sein.

Kapitel 2 – Seine Nächte in fremden Betten

Es war keineswegs so, dass Herr Vogt das Reisen
liebte. Er mochte keine wechselnden Matratzen,
keine Lobbypflanzen, die nach Gummi rochen,
und schon gar nicht mochte er das Lächeln von
Rezeptionisten, das stets einen Ton zu hoch klang,
als hätte jemand vergessen, die Freundlichkeit zu
stimmen. Aber er tat es dennoch. Schon seit
Jahren. Mit der Disziplin eines Mannes, der keine
Disziplin mehr für das Eigentliche besitzt. Der sein
Leben nicht in Tagen, sondern in
Zimmernummern ordnet.
Fünf Nächte pro Woche verbrachte er in
fremden Betten. Immer allein, aber nie ganz ohne
Erwartung. Es war kein Abenteuer und keine
Flucht. Es war etwas anderes. Etwas Stilleres,
Unaussprechliches. Vielleicht nicht einmal ein
Bedürfnis, sondern nur ein Zustand, der sich
verfestigt hatte wie alter Putz an der Wand.
Er wusste genau, in welchem Hotel man am
ehesten eine Hochzeitsgesellschaft erwarten
konnte – oder zumindest einen
Junggesellenabschied. Er wusste, wo die Wände
dünn waren, wo sie zu dick waren, wo die Gäste
eher Geschäftsreisende waren und wo Paare, die
am Wochenende ihren Pflichten entflohen. Es
gab ein inneres Verzeichnis, ein flüchtiges Archiv
der Geräusche, das er in sich trug. Er wusste
sogar, welche Zimmernummern
aneinandergrenzten. Der Flurplan, einmal
gesehen, blieb ihm im Gedächtnis haften wie ein
Schulgedicht.

An der Rezeption trat er stets mit einer leichten
Unsicherheit auf. Nicht, weil er unsicher war,
sondern weil er vermeiden wollte, zu sicher zu
wirken. Sicherheit erzeugt Nachfragen. Aber
Unsicherheit – höfliche, stille Unsicherheit – wirkt
wie Unsichtbarkeit. Und nichts war ihm lieber, als
in diesen Momenten nicht wahrgenommen zu
werden. Eine Nacht lang existieren, ohne
bemerkt zu werden – das war für ihn der größte
Luxus.
Er kam mit leichtem Gepäck. Eine
Umhängetasche mit einem frischen Hemd, einer
Zahnbürste, einem Stück Seife in einem Tuch
eingeschlagen. Eine Lesebrille, die er nie
aufsetzte. Und ein dünnes Notizbuch mit leeren
Seiten, von dem er nicht wusste, warum er es
überhaupt noch mitführte. Es lag wie ein stummer
Zeuge in der Tasche, vielleicht in der Hoffnung,
eines Tages doch noch etwas aufschreiben zu
dürfen.
Im Zimmer entkleidete er sich langsam, mit einer
gewissen Vorsicht. Er legte seine Kleidung
ordentlich auf einen Sessel, nie auf das Bett, und
streifte seine Socken ab, als wären sie aus
Pergament. Danach stand er meist eine Weile
reglos da, nackt, die Füße auf dem
Teppichboden, die Arme herabhängend wie lose
gedachte Gedanken. Er lauschte schon da. Auf
das Gebäude. Auf seine Sprache. Auf das, was
es ihm zu sagen hatte. Auf das, was hinter den
Wänden vielleicht noch verborgen lag.
Dann legte er sich auf das Bett, auf dem Rücken,
die Beine ausgestreckt, die Hände auf dem
Bauch. Der Fernseher blieb immer aus. Er hatte

nie gelernt, sich von Bildern beeindrucken zu lassen. Töne waren für ihn tiefer. Worte, die nicht gesprochen, sondern gestöhnt wurden, wirkten auf ihn wie eine fremde Grammatik, die er zwar nicht verstand, aber ehrfürchtig zu deuten versuchte.

Nicht jede Nacht war ergiebig. Es gab viele, in denen nur das Surren des Kühlschranks zu hören war, oder das leise Klacken des Fahrstuhls, wenn er in Bewegung geriet. In diesen Nächten lag Herr Vogt still da und wartete. Manchmal stundenlang. Er konnte warten wie andere atmen. Ohne Ungeduld. Ohne Ziel.

Doch dann, manchmal, wie aus dem Nichts – ein Ton. Ein leises Quietschen. Das dumpfe Schlagen eines Kopfteils gegen eine Wand. Ein Atemzug, der zu lang war, um harmlos zu sein. Und dann, allmählich, wie von einem inneren Dirigenten angehoben, das Zittern einer weiblichen Stimme. Ein kehliges Lachen, das abbrach. Ein Ruf, der zu einem Seufzen wurde. Ein Rhythmus, der sich aufbaute, verschwand, wiederkam.

In diesen Momenten wurde Herr Vogt nicht erregt im herkömmlichen Sinn. Es war eher ein Erfasstwerden. Etwas in ihm trat zurück, um Platz zu machen. Sein Körper wurde fremd, sein Atem flacher. Er spürte, wie sich in ihm ein Nervenzittern ausbreitete, als wolle sein Innerstes mitleben, ohne zu wissen, wie das geht.

Er berührte sich kaum. Höchstens gelegentlich, beiläufig, als müsse er sich vergewissern, dass er da war. Sein Höhepunkt, wenn man das Wort überhaupt verwenden konnte, war ein unmerkliches, fast zartes Entladen. Kein Laut, kein

Zucken. Nur ein feiner Druck, der nachließ. Danach: Stille. Und das Gefühl, dass etwas Großes geschehen sei, das ihn dennoch nicht meinte.

Er stand auf, nahm ein kleines Handtuch aus der unteren Schublade des Nachttisches, wischte sich mit langsamer Geste ab und legte das Handtuch exakt zusammen. Danach saß er oft noch auf der Bettkante, die Hände auf den Knien, als müsse er auf ein Ergebnis warten, das nie ausgesprochen wurde.

Einmal – das war im März, das wusste er, weil draußen Schnee lag – hatte er in einem Hotel genächtigt, das besonders hellhörig war. Das Pärchen im Nebenzimmer war betrunken, laut, ungehindert. Doch in dieser Nacht geschah nichts in ihm. Kein Zittern, keine Reaktion. Er lag still, starrte zur Decke und empfand nur Leere. Am nächsten Morgen ging er früher als sonst. An der Rezeption fragte man, ob alles in Ordnung gewesen sei. Er antwortete: „Wie immer." Und das stimmte sogar.

Denn das, was Herr Vogt suchte, ließ sich nicht planen. Es war keine Lust, kein Drang. Es war eher ein Echo. Etwas, das ihn daran erinnerte, dass andere Menschen sich berühren durften. Dass sie Nähe nicht fürchteten. Und dass es – irgendwo, durch eine Wand hindurch – Stimmen gab, die nicht allein waren.

Es gab eine Nacht, an die er oft zurückdachte. Es war im Hotel „Zur Krone", in Zimmer 212. Nebenan ein junges Paar, kaum älter als dreißig. Sie flüsterten miteinander, lachten. Und dann, fast beiläufig, begann ein Spiel zwischen ihnen. Kein

wildes, kein animalisches, sondern etwas Zartes,
Verspieltes. Er hörte, wie sie ihm ins Ohr flüsterte.
Er hörte, wie sie innehielten, redeten, dann
fortfuhren. In dieser Nacht spürte Herr Vogt
Tränen auf seinen Wangen, ohne zu wissen, ob
sie aus Mangel oder Dankbarkeit kamen.
Danach buchte er dieses Hotel nie wieder.
Vielleicht war es das zu viel an Echtheit. Vielleicht
war da etwas aufgebrochen worden, das besser
verschlossen geblieben wäre. Oder vielleicht –
und das erschien ihm der logischste Gedanke –
hatte er Angst, dass nichts jemals wieder so
klingen würde.

Kapitel 3 – Der Rhythmus der Wand

Es war ein Donnerstagabend, wie er viele waren.
Einer jener Abende, an denen Menschen
entweder Zuhause ihren Alltag zusammenfalten
oder sich aufmachen, das Leben für ein paar
Stunden zu vergessen. Für Herrn Vogt war es ein
Abend wie jeder andere – und zugleich einer,
von dem er erhoffte, dass er mehr sei. Ein Abend
mit Klang. Ein Abend mit Menschen, die einander
berührten, ohne zu wissen, dass er sie hörte.
Das Hotel trug den Namen „Birkenhof". Ein
Name, der etwas Natur behauptete, wo doch
nur Asphalt war. Drei Etagen, Teppichböden, ein
Geruch nach abgestandener Reinigungslauge
und Brötchen. Vogt hatte dort schon mehrfach
genächtigt. Es war ein Ort, den man nicht liebte,
aber kannte. Zimmer 308 – obere Etage, Wand
an Wand mit 309. Ein Glücksfall, wenn das Glück
sich nicht wehrte.
Er betrat das Zimmer wie jemand, der eine Bühne
betritt, ohne gesehen zu werden. Er kleidete sich
aus, langsam, mit prüfender Hand. Hemd, Hose,
Unterwäsche – jedes Stück wurde gefaltet,
gelegt, als wolle er es beschwichtigen. Dann lag
er nackt auf dem Bett. Das Laken kühl, das Licht
gedimmt. Sein Körper ruhig, aber bereit. Seine
linke Hand ruhte auf dem Bauch. Die rechte an
seiner Seite.
Er horchte.
Anfangs war da nur der Heizungslauf, das
gedämpfte Summen des Kühlschranks. Schritte
auf dem Flur. Dann, ein Klicken. Ein Lachen.
Zimmer 309. Die Wand zur Rechten. Eine

Frauenstimme, hell, verlegen. Ein tieferes Murmeln. Dann ein Quietschen – leise, rhythmisch. Kein Zweifel: ein Bettgestell in Bewegung. Vogt spürte, wie sein Körper zu reagieren begann, noch bevor er sich berührte. Er wartete nicht.
Seine rechte Hand wanderte zu seinem Glied. Vorsichtig, fast schüchtern. Er griff nicht, er legte nur auf. Die Geräusche wurden deutlicher. Ein keuchendes Lachen. Ein dumpfes Schlagen. Stimmen, die sich überschneiden, mal hoch, mal tief. Der Rhythmus wurde schneller. Wie ein Takt, der sich in ihn hineinschob.
Vogt begann, sich zu bewegen. Langsam. Behutsam. Seine Hand war trocken, wie immer. Er konnte keine Feuchtigkeit gebrauchen. Er wollte jeden Kontakt spüren. Sein Atem wurde flacher, seine Stirn spannte sich. Die Stimmen hinter der Wand wurden lauter, praller. Eine Frau rief auf – keine Worte, nur ein Laut, ein fast erschreckender Klang von Hingabe.
Und dann – ein Moment, der in ihm zu bersten begann. Er kam.
Nicht mit Laut. Nicht mit Zucken. Aber heftig. Er stöhnte nicht, aber er bebte innerlich. Sein Unterleib zuckte in seiner Hand, sein Blick war leer und licht zugleich. Er spürte alles – und nichts. Seine Finger blieben liegen, feucht, warm. Der Orgasmus war wie ein Sprung von einem hohen Turm in einen See, der keinen Grund hatte.
Dann – der Fall.
Er zog die Hand zurück. Langsam. Legte sie auf den Oberschenkel. Sein Glied zuckte ein letztes Mal. Dann war es nur noch Haut. Seine Brust hob

sich, fiel. Er starrte an die Decke. Die Stimmen hinter der Wand verstummten. Vielleicht waren sie fertig. Vielleicht nicht. Es spielte keine Rolle mehr. In ihm war nur noch Stille.
Er wischte sich ab. Nicht hektisch. Mit dem kleinen weißen Handtuch, das er aus der unteren Schublade genommen hatte. Wie immer. Dann faltete er es in der Mitte. Einmal, zweimal. Legte es auf den Stuhl neben der Tasche.
Der Raum roch plötzlich anders. Nach sich selbst. Nach einem Mann, der etwas genommen hatte, was ihm nicht gehörte. Vogt setzte sich auf die Bettkante, nackt, den Rücken krumm, den Blick auf den Teppich gerichtet. Die Muster dort erinnerten an zerfallene Wege. Er atmete einmal tief. Dann noch einmal. Doch der Atem kam nicht zurück.
Er stand auf. Ging zum Fenster. Schaute hinaus. Nichts. Nur Laternenlicht. Ein leerer Parkplatz. Ein Pärchen, das lachte, die Arme umeinander gelegt. Er trat einen Schritt zurück, ließ die Gardine zu. Wieder das Bett. Wieder die Kälte.
Er legte sich hin, zog die Decke bis zur Brust. Stumm. Sein Gesicht ausdruckslos. Der Moment war vorbei. Die Lust – eine Erinnerung, die nicht wärmte. Nur noch das Leere. Wie ein verbranntes Stück Brot. Die Kruste schwarz, das Innere Luft. Er schloss die Augen. Sein Herz schlug. Nicht schneller, nicht langsamer. Einfach nur – weiter.
Im Traum war er auf einem Gang. Türen rechts und links. Hinter jeder Tür Stimmen. Doch er hörte sie nicht. Nur ein leises „Bitte…" aus seinem eigenen Mund. Und niemand antwortete.

Kapitel 4 – Möglichkeiten, die nicht geschahen

Es ist eine verbreitete Vorstellung, dass dem Menschen Möglichkeiten begegnen wie Züge auf einem Bahnhof: Sie fahren ein, sie fahren ab – und wer zu zögerlich ist, bleibt zurück. Für Herrn Vogt jedoch war das Bahnhofsbild ungeeignet. Bei ihm kamen die Züge zwar an, doch nie auf dem Gleis, an dem er wartete. Und er stand dort, Koffer in der Hand, bereit, aber unbeweglich. Er hatte – was ihn von vielen Männern unterschied – nicht wenige solcher Züge gesehen. Drei, mindestens. Drei Situationen, die andere vielleicht als „Gelegenheit" bezeichnet hätten. Momente, in denen sich etwas geöffnet hätte, wenn er nur einen Schritt näher getreten wäre. Doch er tat es nicht. Nicht aus Angst. Sondern weil etwas in ihm nicht bewegbar war. Als wäre ein Teil seiner Person durch eine zarte, aber unüberwindbare Scheibe von der Welt getrennt.

I. Frau Keller mit der Messingbrosche

Sie arbeitete im Büro nebenan. Ihre Schreibmaschine hatte ein helleres Anschlagsgeräusch als alle anderen. Vogt hörte es jeden Morgen – wie ein Vogel, der kein Lied, sondern nur Absicht in die Luft schrieb. Frau Keller trug täglich dieselbe kleine Brosche, ein Messingkreis mit Sonnenstrahlen. Er wusste nicht, ob sie Symbol war oder Gewohnheit.
Sie war freundlich, unaufdringlich. Machte sich keine Mühe, die Aufmerksamkeit zu fordern. Und

gerade das ließ sie ihm auffallen. Sie sagte Dinge wie: „Die Luft ist heute irgendwie weich." Oder: „Kaffee hilft nicht gegen Schlaf, nur gegen Schuld." Einmal sprach sie von Gedichten. Ein anderes Mal fragte sie, ob er Tiere möge. Er antwortete nie lang, aber stets korrekt.
Ein Mittwoch war es, an dem sie ihm vorschlug, gemeinsam in die Pause zu gehen. „Ich kenne da ein kleines Café, das Tee aus einer Kanne serviert." Sie sagte es so schlicht, dass es kein Flirt war, sondern ein leiser Vorschlag auf Existenzebene. Vogt blickte auf seinen Terminkalender – in dem nichts stand – und antwortete: „Ich habe heute noch ein Protokoll fertigzustellen."
Er wusste nicht, warum er es sagte. Am Abend desselben Tages dachte er an ihre Fingernägel. Sie trug keinen Lack. Ihre Nägel waren kurz, sauber, leicht uneben. Er stellte sich vor, wie diese Hände einen Teelöffel hielten. Dann, wie sie eine Socke auszog. Und er fühlte sich dabei wie jemand, der in der Bibliothek ein verbotenes Buch aufschlägt – und es dann doch nicht liest.
Nach ihrer Versetzung hörte er, sie habe einen Mann geheiratet, der für Heizkostenabrechnungen zuständig war. Vogt stellte sich diesen Mann manchmal vor: wie er in Unterwäsche auf einem Sofa saß, Zeitung las, während Frau Keller barfuß durch die Küche schlich. Diese Vorstellung war weder erotisch noch schmerzhaft – sondern einfach nur fremd. Fremd in einer Weise, wie das Leben der anderen eben ist.

Einmal begegnete er ihr zufällig im Park. Es war ein Sonntag, er ging dort selten spazieren, doch an jenem Tag hatte er das Bedürfnis, durch Laub zu treten. Sie saß auf einer Bank, las in einem Taschenbuch. Als er an ihr vorbeiging, sah sie auf, erkannte ihn und lächelte. „Auch der Herr Vogt an der frischen Luft?" fragte sie mit diesem Lächeln, das nichts wollte.
Er setzte sich nicht zu ihr. Blieb kurz stehen, nickte, antwortete: „Man kann ja nicht immer drinnen sein."
„Stimmt", sagte sie. „Wissen Sie, ich lese gerade ein Buch über das Alleinsein. Sehr tröstlich. Es geht darum, dass es kein Gegensatz zur Nähe ist."
Er sagte nichts.
„Manchmal", fuhr sie fort, „glaube ich, dass Leute, die allein sind, nur deshalb allein bleiben, weil sie nicht glauben, dass jemand sie sehen könnte."
Er wünschte sich, sie würde aufstehen, ihn berühren. Etwas tun, das ihm die Entscheidung abnahm. Aber sie tat nichts. Und er blieb stehen, wie eine Statue, die auf sich selbst wartet. Als er schließlich weiterging, blickte er sich nicht um. Aber er wusste, dass sie es tat.

II. Die Frau mit dem Honigton

Sie hieß Jelena. Er wusste nicht, ob das ihr richtiger Name war, oder ob es der war, den man in diesem Etablissement trug wie einen Mantel. Es war kein schmieriger Ort. Keine grellen Leuchtreklamen, kein Samt, keine Musik. Nur ein

Haus mit dunklen Vorhängen und einer Klingel,
die wie ein Wasserglas klang.
Er hatte lange gebraucht, um es zu betreten.
Wochenlang war er an dem Haus
vorbeigegangen, hatte die Scheiben gemustert,
nie direkt hineingesehen. Dann eines Abends – es
war November, es nieselte – drückte er die Klinke
nieder und trat ein.
Jelena hatte warme Augen und ein Lächeln, das
nichts versprach. Sie führte ihn in ein kleines
Zimmer mit schiefer Lampe und einer blauen
Decke auf dem Bett. „Ich bin gleich bei dir",
sagte sie. Und ging.
Während sie fort war, hörte er es. Von nebenan.
Ein Stöhnen, ein leises Klatschen, das rhythmisch
war, wie eine Trommel aus Fleisch. Dann ein
Kichern. Dann ein Stöhnen – dieses Mal tiefer.
Zwei Menschen, die ineinander verschwanden,
dort hinter einer Wand. Es begann.
Er griff sich an. Nicht entschlossen. Eher tastend,
wie einer, der sich selbst überprüfen muss. Die
Geräusche wurden lauter. Seine Hand wurde
schneller. Und dann – wie ein Stromschlag aus
dem Inneren – kam es über ihn. Ein Schuss ohne
Bild. Eine Entladung ohne Handlung. Er stöhnte
leise – nicht aus Lust, sondern aus Erleichterung.
Jelena trat ein. Er saß auf der Bettkante, den Blick
zum Boden.
„Du brauchst mich nicht mehr?"
Er schüttelte den Kopf.
„Es ist schon geschehen."
Sie lächelte, sanft, nicht beleidigt. „Manche
brauchen nur das Gefühl, nicht allein zu sein."

Er bezahlte. Mehr als verlangt. Dann ging er hinaus in den Regen. Er kehrte nie zurück.
Nach dem Besuch in dem Haus mit den roten Vorhängen fuhr er nicht direkt heim. Er fuhr ziellos. Immer der Umgehungsstraße entlang, hinaus zu den Feldern. Der Regen hatte aufgehört, aber die Scheiben waren noch feucht. Die Straßenlaternen warfen Lichtkegel, in denen nichts geschah.
Er parkte das Auto auf einem verlassenen Parkplatz hinter einem Lagerhaus. Dort saß er. Eine Stunde. Zwei. Er dachte an Jelena. Nicht an ihre Brüste, nicht an ihren Geruch, sondern an ihre Stimme. Diese ruhige, ungekünstelte Stimme, die sagte: „Manche brauchen nur das Gefühl, nicht allein zu sein."
Er fühlte sich ertappt. Und zugleich – zum ersten Mal – ein klein wenig verstanden. Es war ein Verständnis, das keine Folge hatte. Aber es war da gewesen, für einen Moment. Und dieser Moment blieb bei ihm, wie ein fremder Geschmack, den man nicht mehr loswird.

III. Gerda auf dem Parkplatz

Es war ein Samstag. Herr Vogt hatte Seife gekauft. Und ein paar Karamellbonbons. Als er den Supermarkt verließ, sprach ihn eine Frau an. „Du bist doch Vogt. Aus der 4a. Ich bin Gerda."
Er erkannte sie nicht sofort. Aber als sie lachte, erinnerte er sich. Ein Mädchen mit roten Wangen und einem Heftegeruch. Sie war rundlicher geworden, aber nicht schwer. Sie hatte eine

warme Art, die kein Ziel verfolgte. Nur eine
Einladung war.
„Ich wohne gleich hier", sagte sie. „Komm doch
auf einen Tee mit."
Er folgte ihr. Ihre Wohnung war klein, voller
Decken, Kissen, Gerüche nach Apfel und Staub.
Auf dem Tisch stand Tee, zwei Tassen, eine Kerze.
Sie setzte sich gegenüber, die Hände im Schoß.
„Ich hab dich oft angesehen damals", sagte sie.
„Du warst wie ein Tier, das niemand füttern
durfte."
Er schwieg.
„Ich hab mich manchmal gefragt, wie dein
Körper sich anfühlt."
Er schluckte. Trank einen Schluck Tee, der bitter
war. Ihre Worte schwebten wie Nebel zwischen
ihnen. Sie beugte sich leicht vor. Ihre Lippen
öffneten sich. Doch er stand auf.
„Ich muss gehen", sagte er.
Sie nickte. Sagte nichts. Legte nur den Löffel auf
das Untertässchen, sehr leise.
Draußen roch es nach Herbst. Vogt setzte sich in
sein Auto, startete nicht. Hörte nur seinen eigenen
Atem. In der Nacht schlief er im Hotel. Es war still.
Niemand hatte Sex. Niemand sagte seinen
Namen.
Er kam trotzdem.
Und fühlte sich leerer als je zuvor.
Ein paar Tage nach dem Treffen mit Gerda
bekam er Post. Eine kleine Karte,
handgeschrieben. Sie hatte seine Adresse noch
gewusst. „Ich fand es schön, dich zu sehen.
Vielleicht ein andermal. Du darfst dich melden,
musst aber nicht. Herzliche Grüße – Gerda."

Er legte die Karte in die Küchenschublade, zu
den Gummibändern und losen Teelichtern. Dort
blieb sie. Wochenlang. Manchmal öffnete er die
Schublade, sah die Karte, las sie nicht.
Er schrieb nie zurück.
Später, als er in einem anderen Hotel lag und
wieder nichts hörte, dachte er an sie. Ihre Hand,
die den Löffel so zart auf das Untertässchen
legte. Ihr Blick, der nicht urteilte. Vielleicht hätte
er mit ihr auf einem Sofa gesessen, Tee trinkend,
einander nichts erklärend. Vielleicht hätte sie
seine Hand genommen, ohne etwas zu erwarten.
Und vielleicht – aber das war das Schwierigste –
hätte er es ausgehalten.
Er stellte sich vor, wie sie jetzt an einem Tisch saß,
ein Buch las, vielleicht wartete, vielleicht nicht.
Und er spürte, dass dieses Bild schmerzhafter war
als jeder Orgasmus. Weil es nicht begehrt war,
sondern möglich.

Kapitel 5 – Die bleibende Mutter

Manche Menschen verlassen einen nie, obwohl sie längst gegangen sind. Es gibt Mütter, die bleiben wie ein Geruch in Vorhängen. Wie ein Gedanke, den man nicht selbst gedacht hat, der aber mitdenkt – morgens, abends, wenn es still wird.

Die Mutter von Herrn Vogt hieß Ilse. Ein Name, der sich nicht aufdrängte, aber anhaftete. Sie war nicht hart, nicht laut, nicht kalt. Im Gegenteil: Sie war sanft. Und in dieser Sanftheit lag die ganze Macht, die sie ausübte. Denn wer leise spricht, dem hört man zu. Wer weich spricht, dem widerspricht man nicht.

Ilse war Hausfrau, obwohl sie nie ein Haus besaß, das größer als drei Zimmer war. Doch sie nannte sich so, mit einem gewissen Stolz. Beim Bäcker, beim Arzt, auf Formularen. Dabei war sie mehr: Zensorin, Pflegerin, Innengärtnerin des Lebens ihres Sohnes. Sie schuf Ordnung um ihn herum – und in ihm. Von klein auf hatte sie ihn umhüllt wie ein dicker Wollschal, der zu eng gewickelt war, aber doch von Liebe roch.

Sie kochte täglich frisch, faltete seine Wäsche mit leiser Präzision, schüttelte die Kissen mit einer Gründlichkeit, als müssten sie ihm Träume schenken. Und sie sprach: „Iss nicht so hastig, Vogti." – „Zieh das Unterhemd an, es zieht." – „Du bist mein einziger Schatz. Ich will dich nicht

verlieren." Und genau das tat sie: Sie verlor ihn –
in sich.

Es gab im Haus keine Verbote. Nur Dinge, die
nicht nötig waren. Kein Fernseher, kein Radio,
kein Besuch. „Das macht unruhig", sagte sie.
Wenn es an der Tür klingelte, wurde nicht
geöffnet. Wenn er fragte: „Warum?", antwortete
sie: „Ach, das war bestimmt Werbung." Wenn ein
Kind aus der Klasse Geburtstag feierte und er
leise murmelte, dass er auch eingeladen sei,
sagte sie: „Du brauchst den Trubel nicht." Er
fragte irgendwann nicht mehr.

Sie liebte ihn. Daran bestand kein Zweifel. Aber
ihre Liebe war ein Aquarium: durchsichtig,
umsorgend, aber mit Glas dazwischen. Und wenn
er gegen das Glas klopfte, weil er rauswollte,
lächelte sie nur und sagte: „Warum denn? Ist es
dir nicht gut hier?" Und er wusste nie, wie man da
Nein sagt.

Mit zwölf hörte er zum ersten Mal von Sexualität.
Zwei Jungs in der Schule tuschelten. Wörter wie
„Titten", „abspritzen" und „ficken" prallten wie
Regen an ihm ab. Sie tropften nicht ein, sie
blieben auf der Oberfläche. Zuhause fragte er,
zögernd, was es mit „Liebemachen" auf sich
habe. Sie strich ihm durchs Haar und sagte: „Ein
Junge wie du weiß doch, dass Liebe nichts
Schmutziges ist." Das war alles. Und damit war
alles gesagt – oder eben nichts.

Mit vierzehn bekam er eine Erektion im Wartezimmer des Zahnarztes. Eine Frau mit engem Pullover saß gegenüber. Er starrte auf ihre Knie, ohne sie zu sehen. Zuhause warf er seine Unterhose heimlich weg. Seine Mutter fand sie im Mülleimer, holte sie heraus, wusch sie, sagte: „Vielleicht hast du schlecht geträumt." Er nickte. Sie streichelte ihm über den Rücken und sagte: „Solange du nicht krank wirst."

Die Jahre vergingen wie ausgebreitete Wäsche: blass, bewegungslos. Er wurde sechzehn, sie wurde älter. Immer war sie da, wie eine Tapete, die man gar nicht mehr bemerkt. Wenn er sich veränderte, sprach sie von „wilden Jahren", von „Jungs wie du", die „etwas Besonderes" seien. Aber sie meinte: bleib. Bleib klein. Bleib bei mir.

Als er achtzehn wurde, bekam er Geld von entfernten Verwandten. Sie legte es für ihn auf ein Sparbuch. „Damit du später reisen kannst." Er sagte nicht, dass er nicht wusste, wohin. Einmal, in einem hellen Moment, meldete er sich zur Klassenfahrt nach Prag. Seine Mutter wurde still. Dann sagte sie: „Wenn dir etwas passiert, was mache ich dann?" Und er meldete sich wieder ab.

Der Tag, an dem sie starb, war unspektakulär. Es war März. Die Fenster standen einen Spalt offen. Er fand sie morgens im Bett, die Decke ordentlich über die Schultern gezogen. Ihr Gesicht sah aus, als habe sie nur kurz die Augen zugemacht.

Friedlich, fast mild. Ihre Hand war kalt, aber er hielt sie lange.

Die Beerdigung war klein. Zwei Cousinen, ein Nachbar, ein Vertreter der Gemeinde. Die Pfarrerin sprach von „einem Leben in Fürsorge", von „liebender Beständigkeit". Herr Vogt stand da, die Hände vor dem Bauch verschränkt, das Gesicht ausdruckslos. Er hörte nicht zu. Er zählte innerlich: Eins, zwei, drei – so viele Jahre waren vergangen. So wenig war passiert.

Nach dem Begräbnis ging er nicht nach Hause. Er fuhr in ein Hotel. Es war eines der ruhigeren. In der Nacht hörte er nichts – bis auf ein leises Lachen durch die Wand. Dann ein Stoß. Eine Stimme, weiblich, keuchend. Und er lag nackt da, das Gesicht zur Wand, die Hand an sich. Er kam. Es war kein Orgasmus. Es war eine Implosion. Ein Dröhnen, das innen blieb.

Er kehrte zurück ins Haus. Alles roch nach ihr. Nach Stärke, nach Gekochtem, nach Vergangenheit. Der Kalender hing noch. Letzter Eintrag: „Fenster putzen". Er öffnete die Kommode. Ihre Blusen, gefaltet. Ein Notizbuch. Auf der ersten Seite stand:

„Für meinen Vogti, wenn ich nicht mehr bin."

Darin stand nicht viel. Nur ein Absatz.

„Ich habe dich beschützt, mein Kind. Vielleicht zu sehr. Aber die Welt da draußen ist hart, und du

bist weich. Ich wollte dich bewahren. Wenn ich
fort bin, sei nicht traurig. Du wirst es schaffen. Du
bist mein Bester."

Er legte das Buch zurück. Schlug die Schublade
zu. Ging in die Küche. Trank ein Glas Wasser.
Dann setzte er sich in den Sessel, in dem sie
immer gestrickt hatte. Er fühlte sich klein. Und
gleichzeitig leer.

In den folgenden Wochen begann er, das Haus
zu verändern. Er stellte Möbel um. Räumte die
Vorratskammer aus. Er warf die Spitzengardinen
weg. Schrieb sich eine neue Adresse auf einen
Zettel, obwohl er nicht umzog.

Und eines Abends, als er im Flur stand, trat er vor
den Spiegel. Er sah sich an. Lange. Dann sagte
er:

„Ich bin jetzt allein."

Und es klang, als sei es das erste Mal in seinem
Leben, dass er mit sich selbst sprach.

Kapitel 6 – Gerichtsvollzieher

Herr Vogt war Gerichtsvollzieher. Das klingt nach
Härte, nach Gewicht, nach Macht. In Wahrheit
war es ein Beruf wie das Ausschneiden von
Schatten. Man kam, sah, nahm – und
verschwand wieder, ohne Spuren zu hinterlassen.
Es war ein Beruf für Menschen, die das Leben
anderer nur streifen wollten, wie ein kalter Luftzug
in einer ohnehin schon unbeheizten Wohnung.
Er arbeitete seit vielen Jahren im selben Bezirk. Er
kannte jede Adresse. Jede Tür. Jeden Namen.
Nicht persönlich, aber aktenkundig. Er wusste,
wer zwei Kinder hatte und nur einen Lohn. Wer
die Stromrechnung zum fünften Mal nicht bezahlt
hatte. Wer pflegte, tagsüber zu arbeiten und
nachts zu trinken. Die Details interessierten ihn
nicht. Nur die Zahlen. Die Pflicht. Und der Ton des
Türklopfers, wenn er seine Arbeit verrichtete.
Sein Tag begann um acht Uhr dreißig. Nicht
früher, denn Ordnung beginnt mit der Uhr. Er trug
stets ein Jackett, das leicht zu weit war, aber
dennoch zu eng schien. In der Innentasche trug
er die Dokumente, die das Leben anderer
veränderten. Ein kleiner Zettel, oft ein Umschlag,
manchmal nur ein Stempel. Mehr brauchte es
nicht, um etwas fortzunehmen.
Er sprach wenig. Die Kollegen im Amt kannten ihn
kaum. Sie nannten ihn „Vogt, der Leise". Er nahm
an keiner Weihnachtsfeier teil, erschien nicht zum
Betriebsausflug, schrieb keine Geburtstagskarten.
Einmal lud ihn eine neue Kollegin ein, ein Stück
Kuchen zu probieren. Er nickte nur, ging aber
nicht hin. Später fand sie auf ihrem Schreibtisch

eine Serviette mit einem Schokoladenkringel –
anonym hinterlegt.

Wenn Herr Vogt bei den Menschen klingelte,
wartete er immer exakt zehn Sekunden. Nie
mehr, nie weniger. Dann klopfte er, zweimal. Nie
dreimal. Er wollte nicht bedrohlich wirken, aber
auch nicht bitten. Er trat ein, zeigte den Zettel,
nahm die Wertsachen oder kündigte das
Pfändungsverfahren an. Manche weinten.
Manche fluchten. Einige baten ihn um Aufschub.
Er hörte zu, sagte aber nichts weiter. Er war das
Gesicht der Konsequenz.

Einmal öffnete ein alter Mann. Die Wohnung roch
nach Katzenurin und altem Brot. Der Mann sagte:
„Nehmen Sie, was Sie wollen. Aber das Bild von
meiner Frau bleibt." Herr Vogt nickte. Er ließ das
Bild hängen. Es war nichts wert. Nicht materiell.
Aber für den Mann war es ein ganzes Leben.
Manchmal erinnerte er sich daran, wenn er
nachts im Hotelbett lag, nackt, mit dem Ohr an
der Wand.

Sein Büro war spartanisch. Ein Schreibtisch, ein
Ordnerregal, ein Kalender mit der Aufschrift
„Jahresplanung". Auf dem Fensterbrett ein kleiner
Kaktus, den ihm niemand geschenkt hatte. Er
hatte ihn selbst gekauft, im Baumarkt, ohne
besondere Absicht. Er goss ihn einmal im Monat.
Der Kaktus lebte trotzdem. Oder gerade deshalb.

Eines Tages kam ein Brief ohne Absender.
Handschriftlich. Innen lag ein zerknitterter Zettel
mit nur einem Satz: „Sie sehen aus wie jemand,
der nachts nicht schläft." Herr Vogt faltete den
Zettel, legte ihn in die oberste Schublade und
sprach nie darüber. Aber er dachte oft daran.

Es war keine Bosheit in ihm. Keine Kälte. Nur eine
Schicht über dem Empfinden. Eine Art Nebel, der
alles weichzeichnete. Die Traurigkeit der anderen
berührte ihn, aber sie streifte ihn nur. Wie der
Regen die Fensterscheibe eines fahrenden Zugs.
Einmal traf er eine junge Frau. Sie war etwa
dreißig, trug ein Kind auf dem Arm, das nicht
schlief. Sie öffnete die Tür und sagte: „Ich wusste,
dass Sie kommen." Ihre Stimme war ruhig. Nicht
aggressiv. Nicht verzweifelt. Fast erleichtert. Er
zeigte ihr das Dokument. Sie las es nicht.
Stattdessen fragte sie: „Trinken Sie Kaffee?" Er
sagte nein, trat aber ein. Sie setzte sich auf das
Sofa, das Kind still an sich gedrückt. Er stand.
Dann sagte sie: „Ich will nicht, dass es so endet.
Aber ich wusste, dass es so kommen würde."
Danach war alles wieder wie vorher.
Nach Feierabend ging er oft noch nicht nach
Hause. Stattdessen fuhr er ins nächste Hotel.
Manchmal in eine andere Stadt. Nur ein paar
Kilometer. Er hatte seine Orte, seine Wege, seine
Methoden. Wie ein Jäger, der nicht jagen will,
aber weiß, wo die Tiere sind.
Sein Leben war geteilt: In Akten und Geräusche.
In Formulare und Wände. In Regeln und
heimliche Ekstasen.
Doch im Büro wusste niemand davon. Niemand
fragte ihn je, warum er so oft unterwegs war.
Niemand wunderte sich, dass er nie müde war.
Dass er nie krank war. Dass er nie lachte. Er war
da. Und doch nicht wirklich.
Manchmal, wenn er durch die Straßen ging, sah
er Pärchen. Hände, die sich berührten. Lächeln,
das geteilt wurde. Und er fragte sich: Wie viele

dieser Menschen werden später weinen, streiten, sich trennen? Und wie viele von ihnen werden einander nie loslassen?

Er war nicht verbittert. Nicht neidisch. Aber es war, als stünde er an einem Fenster. Drinnen spielte das Leben – und er stand draußen. Ohne Mantel, aber mit Haltung.

Und jeden Tag nahm er ein Stück mehr mit sich. Die Schlüssel zu den Wohnungen. Die Zettel. Die Blicke. Die Worte, die nicht an ihn gerichtet waren, aber in ihm nachhallten. Und irgendwann konnte er nicht mehr unterscheiden: War er der Vollstrecker? Oder der, dem etwas genommen wurde?

Vielleicht beides.

Kapitel 7 – Das Fenster zum Hof

Wenn Vogt an den Sonntagen zu Hause blieb, saß er am Fenster. Es war kein besonders schönes Fenster. Kunststoffrahmen, zweifach verglast, innen etwas schlierig, weil er nie daran dachte, es zu putzen. Aber durch dieses Fenster sah er hinab in den Innenhof, und das genügte.
Der Innenhof war ein Ort ohne Bedeutung. Ein paar Mülltonnen, ein Schuppen, auf dessen Dach im Frühjahr manchmal Katzen lagen. Doch Vogt hatte gelernt, dass es nicht der Ort war, der zählte, sondern das Wiederkehren der Dinge. Die immergleichen Bewegungen, Gesten, Abläufe – sie beruhigten ihn. Der Nachbar, der den Müll nie richtig trennte. Die Frau aus dem zweiten Stock, die mit ihren Pantoffeln auf den Balkon schlurfte. Und der Junge mit dem Ball, der regelmäßig gegen die Wand schoss, bis jemand schrie.
Vogt beobachtete, ohne zu werten. Er urteilte nicht über das Unkraut zwischen den Steinen oder die schief hängende Wäscheleine. Alles hatte seine Ordnung, selbst wenn es keine Ordnung hatte.
Es war an einem dieser Sonntage, dass er das Paar sah. Neu eingezogen, vermutlich. Die Fenster waren noch kahl, keine Pflanzen, keine Gardinen. Zwei Menschen, Anfang dreißig vielleicht, saßen dort am Küchentisch. Manchmal standen sie auf, umarmten sich, verschwanden im Hintergrund, kamen zurück mit Teetassen oder Weingläsern. Sie taten das, was andere Menschen taten – aber für Vogt war es wie ein Schauspiel, das sich allein für ihn wiederholte. Tag

für Tag, ohne Dramaturgie, ohne Pointe. Nur das bloße Dasein, das ausreichte.

An einem Abend öffneten sie das Fenster. Musik drang heraus, leise, französisch. Vogt hörte das Klirren von Besteck, das Lachen der Frau, ein Satz des Mannes, der wie aus einem anderen Leben klang: „Weißt du noch, in Marseille?" Vogt nickte innerlich, als hätte er selbst dort gestanden, in der Hitze, mit Salz auf der Haut.

Er begann, zu bestimmten Zeiten am Fenster zu sitzen. Nicht aus Neugier. Eher aus einer Art Zustimmung. Das Leben da drüben störte ihn nicht. Es war wie ein Film, ohne Tonspur, bisweilen durchbrochen von einem echten Geräusch, das ihn traf wie ein Splitter.

Einmal, in der Nacht, hörte er sie. Nicht laut, nicht obszön. Es war eher ein Flüstern, das sich steigerte, bis es zerfiel. Eine Abfolge von Geräuschen, die jeder verstand, der einmal nicht gemeint war. Vogt stand da, reglos, das Fenster halb geöffnet, die Nacht mild. In diesem Moment war er nicht allein. Er war anwesend in einem Leben, das nicht seins war. Und das genügte.

Am Morgen danach machte er sich Kaffee. Er trank ihn schwarz, ohne Zucker, wie immer. Aber diesmal setzte er sich nicht an den Tisch. Er stellte sich an das Fenster, nippte, sah hinüber. Sie war da, die Frau. Sie goss eine Pflanze, die gestern noch nicht dort gestanden hatte. Vielleicht war es Rosmarin.

Und Vogt dachte: Man kann Teil von etwas sein, ohne darin vorzukommen.

Er begann, die Welt in ihrem Schatten zu betrachten. Es genügte ihm, dass sie existierte.

Dass sie sich bewegte, lebte, liebte, stritt. Dass sie
sang, auch wenn der Text unverständlich war.
Vogt war kein Mann des Gesangs, aber er
lauschte gern. Jedes fremde Geräusch wurde für
ihn zur Mitteilung. Ein Lachen war ein Satz, ein
Schluchzen eine Wendung, ein Knarren der
Dielen ein Absatz.
In seiner Wohnung jedoch herrschte Stille. Die
Zimmer antworteten nicht. Wenn er ging, blieb
alles still. Kein Echo, keine Bewegung. Nur die
Gewissheit, dass auch morgen nichts anders sein
würde. Er hatte sich darin·eingerichtet wie in
einem Gedanken, den man nicht zu Ende denkt,
weil man ihn längst kennt.
Einmal träumte er von dem Paar. Im Traum war er
ein Teil davon. Er deckte den Tisch, vergaß aber,
Gabeln hinzulegen. Die Frau lachte darüber, der
Mann sagte: „Typisch." Und dann wachten alle
drei auf, gleichzeitig, in unterschiedlichen
Wohnungen.
An einem anderen Tag trug sie ein gelbes Kleid.
Die Frau. Es war ein blasses Gelb, beinahe wie
Pastell, und doch leuchtete es im grauen
Innenhof. Vogt sah sie nur kurz, vielleicht zehn
Sekunden, dann war sie wieder verschwunden.
Aber dieses Kleid blieb. Es blieb ihm im Kopf wie
ein Klang, der nicht aufhört.
Er fragte sich, ob der Mann das Kleid bemerkt
hatte. Ob er etwas gesagt hatte. Ob er sie
angesehen hatte. Oder ob er einfach weiter in
sein Telefon starrte, wie es heute viele taten. Vogt
hätte es wissen wollen. Nicht aus Eifersucht.
Sondern um zu begreifen, wie solche Dinge

geschahen: das Gesehene, das Nichtgesagte, das Ungesehene.

Als es regnete, saß Vogt dennoch am Fenster. Er mochte den Regen. Nicht wie andere Menschen, die ihn romantisch fanden. Für ihn war der Regen eine Rückversicherung. Dass man auch im Alleinsein existiert. Dass Wasser fällt, ob man beobachtet wird oder nicht. Dass es Gesetze gibt, die unabhängig von Zuneigung gelten.

In einer Nacht, als der Regen besonders hart gegen die Scheiben schlug, hörte er sie wieder. Diesmal war es anders. Heller. Offen. Nicht mehr zaghaft. Ein Geräusch, das zu einem Körper wurde. Zwei Stimmen, ineinanderfließend. Die Frau zuerst, dann der Mann, dann beide, dann Stille. Vogt atmete flach. Er saß nackt, wie im Hotel, aber diesmal in seiner eigenen Wohnung. Und das machte alles anders. Der Schall war leiser. Aber das Gefühl war dichter. So dicht, dass er nicht wusste, ob er sich bewegte oder einfach nur stand.

Als es vorbei war, blieb er sitzen. Nichts in ihm regte sich. Kein Triumph, keine Scham. Nur ein Nachhallen. Wie von entfernten Glocken, deren Ton man nicht mehr hört, aber noch spürt. Vogt schloss das Fenster, zog sich etwas über, ging ins Bad, wusch sich mit kaltem Wasser. Dann kehrte er zurück, setzte sich aufs Bett, legte die Hände in den Schoß.

Er fragte sich, wie es wäre, wenn er sie träfe. Die Frau. Nicht im Flur, nicht auf dem Hof. Sondern irgendwo dazwischen. Vielleicht an einem Briefkasten. Vielleicht in einem Fahrstuhl. Würde sie ihn erkennen? Würde sie ahnen, dass er sie hörte? Oder wäre er nur ein weiteres Gesicht in der Masse, ein Mann mit grauem Blick und zu sauberem Hemd?

Er konnte sich ihre Stimme vorstellen. Ruhig, weich, mit diesem leichten Beben, das manche Menschen nie verlieren, selbst wenn sie lachen. Eine Stimme, die nicht sprach, um zu überzeugen, sondern um zu bestehen. Wie eine Blume, die wächst, auch wenn niemand sie gießt.

In den folgenden Tagen war das Fenster geschlossen. Die Gardinen zugezogen. Vogt spürte einen leichten Druck in der Brust, als würde ihm etwas entzogen. Doch er sagte sich, dass auch Pausen Teil des Ganzen seien. Dass nicht alles sichtbar sein dürfe. Dass manche Dinge gerade in der Abwesenheit Gewicht erhielten.

Am fünften Tag kehrten die Geräusche zurück. Keine Leidenschaft diesmal. Nur Stimmen. Teller. Musik. Und einmal ein Lachen, das kurz aufstieg und sich dann wieder legte wie ein aufgewirbeltes Tuch.

Vogt war wieder Teil davon. Im Schatten. Ohne Rolle. Aber gegenwärtig.

Und das genügte.

Kapitel 8 – Die Stimme im Flur

Es war ein Mittwoch, ein solcher Mittwoch, der sich weigert, sich durch Wetter zu definieren. Kein Regen, kein Wind, keine Sonne. Ein Tag, der sich duckt und wartet, bis er Abend werden darf. Vogt stand bereits früh an der Tür, obwohl er keinen Termin hatte. Er hatte sich die Krawatte enger gezogen als nötig, sein Hemd frisch gebügelt, obwohl niemand ihn sah. Er ging nicht weg, er trat nur an die Schwelle.
Im Hausflur roch es nach Linoleum und abgestandener Luft. Die anderen Bewohner blieben meistens für sich, was Vogt entgegenkam. Er kannte kaum einen Namen, konnte aber zu jedem Schritt das dazugehörige Geräusch im Treppenhaus zuordnen: das Hackenklacken der Frau aus dem dritten Stock, das schlurfende Gummi der alten Dame unter ihm, das federnde, eilige Poltern des Jungen mit dem Ball.
Heute hörte er etwas anderes. Eine Stimme. Nicht laut. Auch nicht an ihn gerichtet. Eine Stimme, die murmelte, sich mit sich selbst unterhielt, in dieser weichen, unaufdringlichen Art, wie man es nur tut, wenn man denkt, dass niemand zuhört. Vogt hielt inne. Er trat nicht weiter, auch nicht zurück. Er lauschte.
„…habe ich den Zettel jetzt oben gelassen…na toll, wie immer…", sagte sie.
Es war die Frau. Die aus dem Fenster gegenüber. Kein Zweifel. Diese Stimme hatte sich in ihn eingeprägt. Nicht durch Worte, sondern durch ihre Form. Wie sie sich hob und senkte, wie sie

innehielt und dann wieder losfloss. Und jetzt war sie da. Drei Meter entfernt. Getrennt nur durch eine Wand und die Tatsache, dass Vogt niemand war.

Er hörte, wie ein Schlüsselbund klirrte, wie eine Tür aufgeschlossen wurde, wie etwas auf den Boden fiel. Ein Fluch, leise, fast zärtlich. Dann Stille. Keine Tür schlug. Die Welt blieb offen. Und Vogt wusste nicht, wohin mit sich.

Er ging zurück in die Wohnung, setzte sich nicht, stand in der Mitte des Raumes wie jemand, der eine Bewegung zu Ende denken muss, ehe er sich traut. Seine Hände tasteten nach nichts. Er ging ins Bad, wusch sich das Gesicht. Das Wasser war zu kalt. Er ließ es laufen, wartete, bis es lauwarm wurde, aber es wurde nicht. Auch das war typisch.

Den Rest des Tages verbrachte er mit aufgesetzter Konzentration. Er las Zeitung ohne Aufnahme, bereitete Unterlagen vor, die keiner brauchte, schrieb eine Liste mit Dingen, die er nicht tun würde. Immer wieder ging er an das Fenster. Aber sie erschien nicht. Kein Licht gegenüber, kein Schatten hinter der Gardine. Die Nacht kam ohne Geräusche. Vogt schlief nicht. Er lag im Bett, auf dem Rücken, die Hände auf dem Bauch gefaltet, als wartete er auf ein Urteil.

Am nächsten Morgen ging er früher als sonst. Er fuhr ins Amtsgericht, obwohl sein erster Termin erst am Nachmittag lag. Die Räume dort waren kahl wie immer, die Aktenberge sprachen in ihrer Sprache: Forderungen, Fristen, Versäumnisse. Vogt mochte das. Es war eine Welt, in der nichts impliziert wurde. Alles stand da. Alles hatte Zahl und Nachweis.

Am Abend kehrte er zurück. Diesmal hörte er sie noch auf der Treppe. Ihre Stimme kam näher, Schritt für Schritt. Sie redete mit jemandem – einer Freundin vielleicht? Oder telefonierte sie mit einem dieser kabellosen Dinger, die Menschen wie Körperteile trugen?

„Nein, das ist kein Problem. Ich finde das sogar irgendwie… menschlich", sagte sie. Vogt blieb im Halbdunkel des Flurs stehen. Er hörte, wie sie weiterging. Dann verstummte alles.

Er blieb noch einen Moment stehen, ehe er in seine Wohnung ging. Als er das Licht anschaltete, traf ihn sein Spiegelbild im Flur. Es war nichts Besonderes. Ein Mann mit zu glattem Haar, zu geradem Scheitel, zu ordentlichen Schultern. Alles war da, aber nichts trat hervor. Er hätte sich selbst übersehen.

In der Nacht hörte er sie wieder. Nicht sprechend, nicht laut. Aber da. Ihre Präsenz war eine andere als die des Mannes. Sie atmete anders, bewegte sich anders. Auch wenn keine Worte fielen, konnte Vogt sie unterscheiden. Er hörte, wie sie Wasser holte, wie sie in der Küche stand, wie sie sich setzte. Kein Sex diesmal. Kein Flüstern, kein Stöhnen. Nur Leben. Das war fast schwerer zu ertragen.

Und doch war es genau das, was Vogt suchte: die bloße Gewissheit, dass irgendwo etwas weiterging. Dass Hände bewegten, dass Tassen abgestellt wurden, dass Stoffe raschelten und nicht seine waren. Er lag nackt auf seinem Bett, wie im Hotel. Aber hier war es anders. Hier bedeutete jeder Laut mehr. Weil er selbst stummer war. Weil er sich nicht versteckte, sondern verschwieg.

Als er schließlich kam, war es ein leiser, fast schamvoller Akt. Kein Aufbäumen, kein Zucken, kein Geräusch. Es war, als würde er sich selbst verlassen, in einem dünnen Faden, der riss, noch ehe man ihn greifen konnte. Danach blieb nur Leere. Keine Entspannung, keine Müdigkeit. Nur das Bewusstsein, dass er zurück war – in einem Körper, der nie jemandem gehört hatte.

Am Morgen stand er auf, duschte länger als nötig, rasierte sich gründlicher als sonst. Dann ging er zum Bäcker und kaufte zwei Brötchen, obwohl er wusste, dass er nur eines essen würde. Er legte das zweite Brötchen auf einen Teller, stellte es gegenüber von sich, als säße jemand da.

Er aß schweigend, langsam. Als sei sein Kauen eine Art Gebet.

Später am Tag, beim Leeren des Briefkastens, begegnete er ihr. Sie hatte ein Päckchen in der Hand, ihre Haare waren zum Knoten gewickelt, ein Mantel hing offen an ihr wie ein vergessener Gedanke. Sie nickte ihm zu. Nicht mehr. Kein Lächeln, kein Wort. Nur ein Nicken, das alles enthielt – die Tatsache, dass er da war, dass sie ihn sah, dass sie es nicht wichtig fand.

Und doch war es das Wichtigste, das ihm seit Jahren passiert war.

Als sie an ihm vorbeiging, nahm er ihren Geruch wahr. Irgendwas zwischen Lavendel und dem Staub eines alten Buches. Nichts Aufdringliches.

Nur ein Hauch. Etwas, das blieb, als sie schon
weg war.
Er stand noch lange da, die Briefe in der Hand,
als wüsste er nicht, wohin mit dem Tag.

43

Kapitel 9 – Die Einladung

An jenem Freitag, der mit einem grauen Licht begann, das selbst die Schatten zu meiden schien, stand Vogt besonders früh auf. Nicht weil ihn etwas trieb, sondern weil der Schlaf ihn ausgestoßen hatte wie einen Gedankensplitter, der im Traum keine Verwendung fand. Er setzte sich, wie so oft, auf die Bettkante, tastete nach seiner Brille, und starrte in das Zimmer, das nichts von ihm verlangte, außer, es zu bewohnen.
Das Fenster war noch beschlagen. Ein milchiges Rechteck in einer Welt, die sich zu verbergen schien. Vogt trat näher, wischte mit dem Handrücken über das Glas, wie ein Kind, das nach draußen will. Und draußen war es nur still. Kein Mensch, kein Vogel, kein Geräusch. Als hätte der Tag vergessen, zu beginnen.
Er machte sich einen Tee, obwohl er ihn nicht mochte. Er kochte das Wasser, goss es über das billige Beutelwerk, das nach getrockneter Wiese roch, und ließ es ziehen, bis es bitter war. Er trank ihn trotzdem. Es war eine Handlung. Eine Bewegung. Ein Rhythmus.
Dann, ohne dass es einen besonderen Grund gab, legte er eine Krawatte an. Er hatte keine Termine. Keine Vollstreckungen, keine Ratenverhandlungen, keine Schuldner, die ihm die Tür vor der Nase zuschlugen oder in Tränen ausbrachen. Der Tag war leer. Und doch wollte er sich binden. Eng an den Hals. Vielleicht als Erinnerung, dass da etwas war, das eng wurde, wenn man es zu oft vergaß.

Gegen halb zehn ging er hinunter, nur um den Briefkasten zu leeren. Eine Illusion, denn es kam selten etwas außer Werbung und Behördenpost. Doch an diesem Morgen lag ein Umschlag darin. Kein Fenster, kein Absender. Handgeschrieben, in einer zarten, aber unbeholfenen Schrift: „Herr Vogt."

Er drehte den Umschlag in der Hand. Er war nicht versiegelt, nur gefaltet, wie man eine Botschaft in der Schule weiterreicht. Und tatsächlich: Innen nur ein kleiner Zettel. Nicht einmal ein A6-Blatt, sondern etwas Abgerissenes, eine Notiz, die sich genierte, Papier zu sein. Darauf stand:

„Heute Abend, ab 21 Uhr. Wohnung 3. Ich mache Musik."

Keine Unterschrift. Kein weiteres Wort. Vogt las den Satz dreimal, viermal, dann noch einmal. Er wusste sofort, wer es war. Die Frau. Die Stimme. Die, deren Lachen bisweilen durch den Hof wehte wie etwas, das nicht für ihn gedacht war, ihn aber trotzdem traf.

Er ging nicht sofort hinauf. Er stand erst noch einen Moment am Briefkasten, als müsste er sich in sein eigenes Leben einreihen. Dann ging er zurück in die Wohnung, setzte sich nicht, ging auch nicht in die Küche. Stattdessen legte er den Zettel auf seinen Schreibtisch, daneben die Krawattennadel, die er seit Jahren nicht mehr benutzt hatte.

Er dachte nicht an Musik. Er dachte an Nähe. Nicht an Gespräch, nicht an Berührung – nur an Anwesenheit. Es war ihm, als hätte jemand eine Einladung in einen anderen Zustand ausgesprochen. Und Vogt war bereit zu folgen,

selbst wenn er darin nur der Schatten eines
Gastes sein durfte.
Er duschte erneut, obwohl er es heute früh schon
getan hatte. Diesmal wusch er sich gründlicher.
Sogar unter den Nägeln. Rasierte sich mit
Hingabe. Zog sein bestes Hemd an – das graue
mit der kaum sichtbaren Webstruktur – und eine
Hose, die ihn enger machte, als es ihm lieb war.
Er überprüfte sich im Spiegel und war überrascht,
wie sehr er aussah wie jemand, der sich Mühe
gibt.
Der Tag verging nicht. Er zog sich wie ein zäher
Brei durch die Stunden, ließ sich nicht abkürzen.
Vogt las nichts, schrieb nichts, sah auch nicht
fern. Er saß nur. Mal auf dem Bett, mal am Tisch,
dann wieder am Fenster. Er aß ein Stück Brot, das
trocken war, und kaute es langsam, wie um die
Zeit zu zwingen, mitzuka(u)en.
Als es halb neun war, stand er auf. Punkt 20:45
verließ er die Wohnung. Nicht zu früh, nicht zu
spät. In den Händen nichts. In der Brust ein kleines
Pochen, das sich nicht entscheiden konnte, ob es
Angst oder Sehnsucht war.
Er stieg die Treppe hinauf, zählte die Stufen, wie
er es immer tat. Sie hatte in Wohnung 3
geschrieben. Das war ein Stockwerk über ihm. Er
hatte nie darauf geachtet, wer dort genau
wohnte. Jetzt fühlte sich jeder Schritt wie ein
Risiko an.
Als er vor der Tür stand, hörte er leise Klänge.
Keine laute Musik. Etwas zwischen Ambient und
Improvisation. Keine Stimme, kein Beat. Nur Töne,
die sich wie Lichtflecken über den Flur zogen. Er
klopfte nicht. Die Tür war einen Spalt offen.

Vogt zögerte. Dann trat er ein.
Er trat ein. Zaghaft. Wie jemand, der einen
Tempel betritt, ohne an die Götter zu glauben.
Die Tür schloss sich nicht hinter ihm, sie blieb
offen, als Zeichen: Das hier ist kein Raum der
Verpflichtung. Er sah sich um. Es war eine
typische Altbauwohnung, hohe Decken,
knarrender Dielenboden, aber sie hatte etwas
verändert. Oder vielleicht war es die
Atmosphäre, die alles veränderte.
Ein weiches, indirektes Licht lag in den Räumen.
Nirgends eine Deckenlampe, nur einzelne
Lichtquellen, Kerzen, eine alte Stehlampe mit
Stoffschirm, deren Licht wie warmer Staub wirkte.
Auf dem Boden lagen Decken, ein paar große
Kissen, ein Teppich mit verblichenem Muster. An
der Wand ein Plattenspieler, auf dem sich
langsam eine Scheibe drehte. Es war Musik, aber
keine, die man mit dem Ohr verstand. Eher mit
der Haut. Mit dem Teil in einem, der zittert, wenn
jemand an einen denkt.
Sie stand in der Küche. Barfuß. Trug ein einfaches
Kleid, das mehr sagte, als es zeigte. Ihre Haare
waren offen, ein wenig zerzaust, als hätte sie sich
in der eigenen Gegenwart verloren. Sie bemerkte
ihn sofort – sah auf, lächelte nicht, aber nickte
ihm zu. Ein Nicken, das nicht fragte: „Was willst du
hier?", sondern eher sagte: „Ich wusste, dass du
kommst."
„Du bist pünktlich", sagte sie.
Er wusste nicht, ob das ein Vorwurf oder eine
Anerkennung war. Er antwortete nicht. Sie kam
ihm, reichte ihm ein Glas mit etwas Dunklem d
– es roch nach Brombeeren und Holz. Vogt n

es, trank einen kleinen Schluck. Es schmeckte warm, obwohl es kühl war.

„Setz dich, wo du magst."

Er setzte sich auf eines der Kissen, vorsichtig, als könnte er den Teppich beleidigen. Sie setzte sich nicht zu ihm. Sie ging zurück zum Plattenspieler, wechselte die Platte, ließ die Nadel vorsichtig aufsetzen. Ein sanftes Knistern. Dann wieder Musik. Noch weicher. Noch weniger Struktur.

„Ich höre das gerne, wenn ich allein bin", sagte sie, ohne ihn anzusehen. „Es lässt die Räume größer wirken. Als wäre man nicht allein."

Vogt nickte, obwohl sie es nicht sah.

Sie ging durch den Raum, nahm Dinge in die Hand, legte sie wieder weg. Bewegte sich wie jemand, der nicht allein sein möchte, aber auch niemanden braucht. Es war eine Art der Nähe, die Vogt nicht kannte. Nicht fordernd, nicht flüchtig. Nur da.

„Und du?", fragte sie plötzlich. „Bist du oft allein?"

Er hätte lügen können. Er hätte antworten können: „Geht so." Oder: „Man gewöhnt sich daran." Doch er sagte nur: „Ja."

Sie nickte. Setzte sich auf die Fensterbank. Zog ein Bein an. Sah hinaus. Dann, nach einer Weile: „Ich glaube, wir sind uns ähnlicher, als du denkst."

Vogt wollte etwas sagen. Aber es kam nichts. Es war nicht der Moment für Worte. Es war ein Moment für Dasein. Für Stille, die nicht leer war, sondern voller Ahnung.

Dann, plötzlich, geschah es.

Die Nachbarn. Oben. Ein Poltern, ein Lachen, dann ein Geräusch, das Vogt kannte. Diese

merkwürdige Mischung aus rhythmischer
Bewegung und Zwischenrufen, die man nicht
imitieren kann, wenn man sie nicht kennt.
Jemand hatte Besuch. Oder jemanden
mitgenommen. Es war deutlich. Die Geräusche
des Begehrens, der Körper, die sich begegnen,
sich ineinander schreiben.
Vogt erstarrte.
Die Musik lief weiter. Die Frau sagte nichts. Aber
sie hatte es gehört. Natürlich hatte sie es gehört.
Vielleicht hatte sie es gewollt. Vielleicht hatte sie
gewusst, was geschah. Vielleicht hatte sie ihn
deswegen eingeladen. Oder deswegen jetzt
schweigend gemacht.
Er saß da. Reglos. Hörte. Nahm jeden Laut in sich
auf. Die Stimme der Frau über ihm, hell,
durchdringend, vermischt mit der eines Mannes,
dumpfer, fordernder. Es war kein Porno, kein Film,
kein Tonband. Es war Leben. Echte Haut. Echtes
Sehnen.
Und Vogt spürte es. Dieses Ziehen. Dieses
Brennen. Dieses schmale Fenster, das sich
öffnete, kurz, wie ein Einatmen. Sein Körper
spannte sich. Seine Hände zitterten. Er saß noch
immer auf dem Kissen, nackt nur in seinem
Inneren. Es war, als ob seine Haut nicht mehr aus
Haut bestand, sondern aus Poren, aus Löchern,
die saugten, nahmen, sich sehnten.
Er kam nicht durch Berührung. Nicht durch
Bewegung. Er kam durch das Hören, durch das
Atmen, durch das Sein. Sein Orgasmus war leise.
Kein Laut, kein Krampf. Nur ein Schließen der
Augen, ein langsames, fast ehrfürchtiges

Zusammenfallen. Wie ein Mensch, der stirbt, aber
weiß, dass er gleich wieder erwacht.
Als er die Augen öffnete, sah sie ihn an. Sie hatte
ihn beobachtet. Nicht aufdringlich. Nicht
prüfend. Nur gegenwärtig. Mit einem Gesicht,
das nicht urteilte. Nicht fragte.
„So ist das also", sagte sie. Ihre Stimme war
weich.
Vogt konnte nichts erwidern. Er war noch nicht
zurück. Noch nicht ganz.
„Du brauchst nicht zu erklären", sagte sie. „Ich
weiß es."
Dann stand sie auf, ging in die Küche, nahm ein
Glas Wasser, stellte es ihm hin. Nicht wie jemand,
der helfen will. Sondern wie jemand, der
verstanden hat, dass Hilfe nichts ist, was man gibt,
sondern was man zulässt.
Sie setzte sich wieder. Ließ ihn einfach sein.
Und Vogt weinte. Still. Ohne Zittern. Ohne
Schluchzen. Einfach nur Wasser aus seinen
Augen, das sich einen Weg suchte. Weil etwas in
ihm nachgegeben hatte. Weil etwas in ihm
endlich nicht mehr kämpfen musste.
Draußen hatte es zu regnen begonnen. Ein leiser,
unentschlossener Regen. Einer, der nicht wollte,
dass man sich unterstellt.
Drinnen war Stille. Und Musik. Und eine Frau, die
nichts fragte. Und ein Mann, der endlich nichts
mehr verstecken musste.

Kapitel 10 – Ein Sonntag wie ein letzter

Der Sonntag kam nicht, er schlich sich heran.
Vogt wusste, dass es Sonntag war, weil kein Auto
vor dem Fenster parkte und die Straße klang wie
Watte. Er lag wach, bevor der Tag sich
entschloss, sichtbar zu werden. Sein Körper war
schwer, aber nicht vom Schlaf. Es war das
Gewicht einer neuen Erinnerung, die wie ein Stein
in seinem Inneren lag.
Er hatte nicht bei ihr geschlafen. Als die Uhr
Mitternacht erreicht hatte und das Knarren der
Decke über ihnen verstummte, hatte sie nur leise
gesagt: „Du kannst gehen, wenn du möchtest."
Kein „Bleib doch", kein „Geh bitte nicht" – nur
dieses klare Angebot, dass auch der Abschied
eine Form der Fürsorge sein durfte. Und er war
gegangen. Langsam, mit einem Blick zurück, den
sie nicht erwiderte.
Jetzt lag er da. Unter seiner eigenen Decke. In
seinem eigenen Schweigen. Und fragte sich, ob
etwas in ihm anders geworden war. Nicht
dramatisch. Nicht sichtbar. Nur verschoben. Als
hätte jemand im Inneren ein Möbelstück verrückt,
und man stößt sich jetzt an der Stelle, die früher
frei war.
Er stand auf. Machte keinen Tee. Putze sich nicht
die Zähne. Er setzte sich einfach an den
Küchentisch und schaute auf das Fenster. Es war
beschlagen. Wie fast immer. Die Tropfen am
Rand sammelten sich zu kleinen Rinnen. Es sah
aus, als würde das Glas weinen.
Er dachte an ihre Wohnung. An die Musik. An ihr
Gesicht im Kerzenschein. An den Moment, als sie

nichts sagte und gerade deshalb alles verstand. Und dann an den Klang von oben. An das, was ihn durchdrungen hatte. An das, was aus ihm herausgebrochen war. Ohne Hand. Ohne Hilfe. Nur durch Nähe. Oder deren Nachklang.
Er fühlte sich leer. Aber nicht auf die schlechte Weise. Es war ein Leer, das Platz machte. Für etwas Neues. Vielleicht. Oder auch nicht. Vielleicht blieb es auch einfach leer. Aber dann wusste er wenigstens, wie viel Raum da war.
Gegen Mittag zog er sich an. Nicht ordentlich. Nicht schmutzig. Einfach so, als wollte er dem Tag signalisieren, dass er noch da war. Er verließ die Wohnung, ohne Ziel. Ging durch die Straßen. Beobachtete Menschen, die Brötchen holten. Väter mit Kindern. Alte Frauen mit Dackeln. Er fühlte sich nicht ausgeschlossen. Nur nicht angesprochen.
Als er am Fluss stand, blieb er stehen. Das Wasser war träge. Wie seine Gedanken. Er lehnte sich gegen das Geländer und sah in das Grau. Und für einen Moment, nur einen flüchtigen, meinte er, sich selbst darin zu erkennen. Nicht das Gesicht, nicht den Körper – nur die Art, wie das Wasser floss: langsam, tastend, unentschlossen.
Dann klingelte sein Handy.
Er hatte es fast vergessen. Es war auf stumm gestellt. Als er das Display sah, stand dort kein Name. Nur eine Nummer. Unbekannt. Und doch wusste er, wer es war.
Er nahm ab.
„Hallo?"
Ein Atem. Dann ihre Stimme.
„Ich mache heute Abend wieder Musik."

Ein Schweigen.
„Willst du wieder zuhören?"
Vogt sagte nichts. Nicht, weil er zögerte. Sondern
weil in ihm etwas nickte. Ganz tief. Ganz klar.
„Dann um neun. Die Tür ist offen."
Sie legte auf.
Er stand noch lange da, am Wasser, mit dem
Handy in der Hand. Dann steckte er es weg und
ging langsam zurück. Schritt für Schritt. Jeder
davon wie ein kleiner Satz, den nur er verstand.